Thar an Trasnán

BÍGÍ AG LÉAMH

LE CLÓ UÍ BHRIAIN

* * *

SOS – 14 leabhar

SCÉAL EILE – 2 leabhar

Áine Ní Ghlinn

Chaith Áine Ní Ghlinn roinnt blianta ag obair le Raidió na Gaeltachta agus RTÉ agus roinnt blianta ag léachtóireacht in Ollscoil Chathair Bhaile Átha Cliath. Chaith sí seal ag scríobh don dráma teilifíse Ros na Rún. D'éirigh sí astu sin ar fad chun níos mó ama a chaitheamh ag scríobh. Tá os cionn fiche leabhar foilsithe aici – idir fhilíocht agus leabhair do dhaoine óga – agus tá go leor duaiseanna buaite aici. Bronnadh duaiseanna Oireachtais ar na húrscéalta *Fuadach, Tromluí* agus *Úbalonga*. Ainmníodh *Brionglóidí agus Aistir Eile* ar ghearrliosta Bisto 2009 agus bronnadh gradam iBby air i 2010. Scríobh sí *Daifní Dineasár, Moncaí Dána* agus *Lámhainní Glasa* don tsraith SOS agus b'é *Éasca Péasca* an chéad leabhar sa tsraith seo.

THAR AN TRASNÁN

Áine Ní Ghlinn

Léaráidí le Paul Bolger

THE O'BRIEN PRESS
DUBLIN

An Chomhairle um Oideachas
Gaeltachta & Gaelscolaíochta
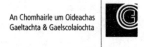

Do Rang a Sé, Scoil Naithí 2010–11

An chéad chló 2011 ag The O'Brien Press Ltd/Cló Uí Bhriain Teo.,
12 Terenure Road East, Rathgar, Dublin 6, Ireland.
Fón: +353 1 4923333; Facs: +353 1 4922777
Ríomhphost: books@obrien.ie; Suíomh gréasáin: www.obrien.ie

ISBN: 978-1-84717-245-7

1 2 3 4 5 6 7 8 9 10
11 12 13 14 15 16 17 18

Faigheann Cló Uí Bhriain cabhair ón gComhairle Ealaíon

Mo bhuíochas le Foras na Gaeilge a chuir coimisiún ar fáil dom le go
bhféadfainn am a chaitheamh ag obair ar an leabhar seo. *Áine Ní Ghlinn*

Dearadh leabhair: Cló Uí Bhriain Teo.
Clódóireacht: CPI Cox and Wyman Ltd.

I

'Damnú air!' Tharraing Eoghan cic ar dhoras an chófra. Céard déarfadh a Mham dá mbrisfeadh sé cófra Mhamó? Céard déarfadh Mamó?

Bhreathnaigh Eoghan thar a ghualainn. An raibh a spiorad fós sa chistin? Ar ndóigh, dá mbeadh sí fós beo ní bheadh Eoghan anseo ag glanadh cófraí. Bheadh sé thíos sa pháirc ag imirt peile lena chairde.

Bhí Mamó marbh le trí mhí anois agus

máthair Eoghain ag iarraidh an sean-teach a ghlanadh amach. Níor mhiste le hEoghan cuidiú lena mham lá ar bith eile. Ní inniu, áfach, agus an cluiche ar siúl amárach. Cluiche bliantúil Rang a Sé. Buachaillí in aghaidh cailíní.

'Spraoi' a thugadh na múinteoirí air, ach bhí a fhios ag Eoghan go raibh i bhfad níos mó i gceist. Nach raibh na buachaillí ar fad thíos sa pháirc anois agus iad ag traenáil? Ba cheart go mbeadh sé féin leo. É i lár na páirce agus an fhoireann á gríosú aige.

'Déan deifir, a stór,' arsa Mam, 'nó beimid anseo an oíche ar fad!'

'Má ligeann tú síos chun na páirce mé beidh mé ar ais ag leathuair tar éis a cúig agus geallaim duit–'

'Déan dearmad air. Níl ann ach seisiún traenála. Agus ní cluiche tábhachtach é. Níl ann ach spraoi.'

Spraoi? Níor thuig sí! Ní raibh a hionad siúd i lár na páirce i mbaol. Cé a bhí i lár na páirce anois?

Lig Eoghan osna chléibh. Cén rogha a bhí aige? Rogha ar bith seachas luí isteach ar an obair agus dearmad a dhéanamh ar an seisiún traenála. Ar an gcluiche freisin b'fhéidir!

II

Bhreathnaigh sé ar an dá bhosca a bhí
leagtha amach ag a mham. Bosca bruscair
ar chlé. Bosca carthanachta ar dheis.
Muga agus an chluas briste: bosca brus-
cair. *Smais!* Seanchupán: *Smais!*

Crúiscín agus babhla a raibh caoi
an-mhaith orthu. Rinne Eoghan iad a
fhilleadh i bpáipéar nuachta sular leag sé
go cúramach isteach sa bhosca iad.

I gcúl an chófra tháinig Eoghan ar
chrúiscín. Ní raibh an chluas ró-láidir.

Bhrisfeadh sé sin go héasca. Bosca bruscair is dócha.

'Ná déan! Led' thoil! Ná déan! Ná caith sa bhosca bruscair mé!'

Bhreathnaigh Eoghan i dtreo an dorais. 'Brón orm, a Mham. Ró-dhéanach!' ar seisean agus an crúiscín á chaitheamh sa bhruscar aige.

'Tóg amach mé! Ní féidir leat mise a fhágáil sa bhosca bruscair! Tóg amach mé! Anois díreach nó beidh aiféala ort!'

Cén cleas é seo? Bhreathnaigh Eoghan i dtreo an dorais arís. Ní raibh a Mham le feiceáil. Cad as a raibh an guth ag teacht mar sin? Ní fhéadfadh …

Bhreathnaigh sé isteach sa bhosca
bruscair. Smionagar gloine agus deilfe ar
fud an bhosca ach ní raibh an crúiscín
briste. Fuair sé tuáille. Charn sé thart tim-
peall ar a lámh é agus tharraing an
crúiscín amach. Chuimil sé an crúiscín
leis an tuáille chun é a ghlanadh.

Fúúiiis! Scamall deataigh!

Crochta san aer os a chomhair amach amhail is dá mbeadh sé ina shuí ar scamall aeir, bhí fear meánaosta. Léine gheal, bhuí air a raibh réaltaí ag lonrú air. Turban ar a cheann.

Bhí léite ag Eoghan faoi sprideanna agus ginidí ach níor chreid sé go raibh a leithéid ann.

'A Mháistir!'

... Nó b'fhéidir go raibh.

D'umhlaigh an fear aisteach d'Eoghan.

'A Mháistir uasail.'

Leath meangadh gáire ar aghaidh Eoghain. Bhí sclábhaí aige. A sclábhaí pearsanta féin! Cúlabúla!

III

A thiarcais! Ginid. Bhí sé deacair a chreidiúint go raibh a leithéid ann.

'An bhfuil ainm ort?'

'Abdúl is ainm dom.'

'Agus is mise do mháistir anois?'

Chlaon an ghinid a cheann. Lig sé osna. 'Is tú ... faraor!'

'Cén máistir a bhí agat roimhe seo?'

'Máistreás!' arsa Abdúl. 'Máistreás uasal álainn go dtí go ndeachaigh sí in aois agus go ndearna sí dearmad glan orm.

Bean uasal a bhí inti – go dtí sin.'

'Mo mhamó?'

'Ní hea, ach máthair do mhamó.'

A shin-seanmháthair! Ní raibh aon chuimhne ag Eoghan uirthi siúd.

'An féidir liomsa iarraidh ort rudaí a dhéanamh dom? An bhfuil draíocht agat?'

'Is féidir, cinnte. Tá draíocht agam ach tá rialacha áirithe–'

Ní fhéadfadh Eoghan fanacht ar an gcuid eile den fhreagra. Bhí a sclábhaí pearsanta féin aige agus d'fhéadfadh sé a rogha rud a iarraidh air.

'Ná bac le rialacha! An seisiún traenála

– táim ag iarraidh é a fheiceáil. Anois díreach!'

Bhain Abdúl searradh as a ghuaillí. 'Más é sin atá uait!'

Chliceáil sé ordóg agus méar fhada na láimhe deise. Leis sin bhí cuirtín crochta san aer os comhair na beirte acu. Clic eile agus tarraingíodh na cuirtíní siar. Mar a bheadh fuinneog os a chomhair amach bhí Eoghan in ann a chairde a fheiceáil. Ben a bhí i lár na páirce. É ag imirt thar cionn. Gach duine ag imirt thar cionn. Tháinig imní ar Eoghan. An mbeadh seisean fágtha ar an taobhlíne amárach?

'Táim ag iarraidh …'

'Guí eile? Cheana féin?' arsa an ghinid.

'Ró-luath.'

'Ach is mise do mháistir. Caithfidh tú glacadh le horduithe uaimse.'

'Caithfidh. Ach an uair seo, caithfidh tusa éisteacht liomsa ar dtús. Na rialacha–'

'Ach–'

'Caithfidh tú éisteacht nó beidh aiféala ort.'

IV

D'fhill Abdúl a dhá lámh trasna ar a
chéile. 'De réir rialacha mo chine, caith-
fidh mé é seo a mhíniú duit. Tá teora leis
an méid guí is féidir liom a bhronnadh
ort agus is féidir leatsa a iarraidh. Má
iarrann tú trí ghuí i ndiaidh a chéile caith-
fidh tú mo shaoirse a bhronnadh orm.'

   'Agus céard a chiallaíonn *i ndiaidh a
chéile?*' arsa Eoghan.

   'Trí cinn in aon tseachtain amháin. A
luaithe is a bhronnaim an tríú guí ort,

táim saor. Saor uaitse. Saor ón gcrúiscín. Saor go deo.' Lig Abdúl osna chléibh. 'Ó nár dheas!'

'Ní fheicimse fadhb ar bith leis sin,' arsa Eoghan. 'Nuair a bheidh an ceann seo agam ní bheidh guí eile uaim go ceann míosa ar a laghad!'

Chroith Abdúl a cheann. 'Ní thagann ciall roimh aois, is dócha. Céard é do ghuí?'

'Éasca,' arsa Eoghan. 'Táim ag iarraidh go mbeidh mise ar an imreoir is láidre sa chluiche amárach, go bhfaighidh mé gach scór agus go mbeidh gach duine ag breathnú ormsa ó thús go deireadh an chluiche.'

'Stop ansin,' arsa Abdúl. 'Fan nóiméad. Cé mhéad guí atá ansin agat?'

'Níl ann ach ceann amháin. Má bhímse ar an imreoir is láidre níl aon amhras ach go bhfaighidh mé na scóir ar fad agus go mbeidh gach duine ag breathnú orm. Níl ansin ach an t-aon ghuí amháin.'

Chroith Abdúl a cheann go hamhrasach. 'An bhfuil tú cinnte gurb é sin atá uait?'

'Cinnte táim cinnte. Anois déan do chuid cliceála nó pé rud a dhéanann tú agus socraigh é!'

Chliceáil Abdúl a ordóg agus a mhéar

fhada arís. 'Ar mhullach do chinn féin go dtite sé.'

Má bhí Eoghan ag éisteacht seans maith nár thuig sé céard a bhí i gceist ag an nginid. Ach bhí sé cheana féin ar ais ag obair: bosca bruscair, bosca carthanachta. É breá sásta leis féin. Bheadh lá iontach aige ar scoil amárach.

V

Bhí sceitimíní áthais ar gach duine i Rang a Sé. Bhí siad go léir ag caint faoin gcluiche. Iad go léir ag súil go mór leis.

'Éasca péasca,' arsa Gráinne. 'Maróimid sibh.'

'Sea,' a dúirt Caoilfhionn. 'Beidh gach duine agaibh sínte ar an talamh faoin am go mbeimidne réidh libh.'

Phléasc Tadhg amach ag gáire. 'Tá a fhios agamsa cé a bheidh sínte ar an talamh!'

'Agus agamsa,' arsa Laoise. 'Tusa!'

Ba iad na cailíní a thosaigh ag gáire an uair seo. Ansin thosaigh Eileanóir agus Róisín ag canadh go híseal:

Beidh an bua ag na cailíní inniu.

Beidh an bua ag na cailíní inniu.

Beidh an bua ag na cailíní

Bua ag na cailíní

Bua ag na cailíní inniu.

Thosaigh Tara agus Áine ag cuidiú leo. Níorbh fhada go raibh gach cailín sa rang ag béicíl agus ag canadh.

Beidh an bua ag na cailíní inniu ...

Thosaigh Cathal ansin.

Maróimid na cailíní inniu.

Maróimid na cailíní inniu ...

Taobh istigh de chúpla soicind bhí sé ina chogadh ceoil i Rang a Sé. Gach páiste ag béicíl is ag canadh in ard a chinn is a ghutha. An Máistir Ó Ceallaigh ina sheasamh ag barr an ranga is é ag gáire.

'Ná déanaigí dearmad nach bhfuil ann ach spraoi,' ar seisean.

Chaith Rang a Sé an chéad leathuair an chloig eile ag spochadh as a chéile agus ag magadh faoina chéile. An máistir ag spochadh as an dá thaobh.

Bhí Eoghan ina shuí sa chúinne leis féin. É an-chiúin ar fad. Ní fhaca seisean aon ábhar gáire sa scéal.

'Ní thuigeann siad,' ar seisean. 'Ní thuigeann siad an tábhacht a bhaineann leis an gcluiche seo. Ón gcéad nóiméad go siúlaimid amach ar an bpáirc sin caithfidh an lámh in uachtar a bheith againn.'

Chuir sé a lámh isteach ina mhála peile. Bhuail sé cnag beag éadrom ar an gcrúiscín a bhí fillte go cúramach ina gheansaí aige. 'Ná déan dearmad ar mo ghuí anois,' ar seisean.

VI

Bhí an scoil ar fad i láthair. Naíonáin bheaga. Naíonáin mhóra. Rang a hAon go Rang a Cúig. Iad go léir ar thaobh na páirce don chluiche mór. Bratacha ag cuid acu.

'Cailíní abú!' scríofa le péint ghlas ar bhraillíní bána.

'Buachaillí abú!' Péint dhubh ar chúlra oráiste.

Bhí hataí páipéir déanta ag na naíonáin agus bratacha beaga ina lámha acu.

Bhí Rang a Sé istigh sna seomraí gléasta. Bean Uí Dhálaigh, an príomhoide, istigh leis na cailíní. Éide spóirt na scoile orthu go léir. Geansaithe glasa agus brístí gearra bána.

An Máistir Ó Ceallaigh a bhí leis na buachaillí. Éide spóirt an chlub áitiúil orthu siúd. Geansaithe oráiste agus brístí gearra dubha.

'Cé a bheidh i lár na páirce inniu?' arsa an Máistir Ó Ceallaigh.

'Bhí Ben ann agus muid ag traenáil inné,' arsa Mícheál. 'Bhí sé an-mhaith.'

'Céard fúmsa?' arsa Eoghan. 'Bímse i gcónaí i lár na páirce. Táimse ag iarraidh a bheith ann inniu.'

Bhreathnaigh an Máistir Ó Ceallaigh air.

'Glac go réidh é,' ar seisean. 'Aon duine a bhíonn ró-dháiríre faoin gcluiche seo bainfear den pháirc é. B'fhéidir go bhfágfaimid Ben i lár na páirce inniu.'

'Tá sé ceart go leor,' arsa Ben. 'Is cuma liomsa. Bíodh Eoghan sa lár. B'fhearr liomsa a bheith i mo chosantóir.'

'Mise an captaen freisin,' arsa Eoghan.

Bhreathnaigh gach duine air. An ag magadh a bhí sé? Ba léir nárbh ea. Níor chuir aon duine ina choinne, áfach. Ba chuma cé a bheadh ina chaptaen inniu.

'Éistigí anois,' arsa Eoghan. 'Cluiche

an-tábhachtach é seo. Tá bród agus onóir i gceist.'

Thosaigh Colm agus Tomás ag gáire.

'Agus spraoi,' arsa Tomás. 'Céard faoin spraoi?'

Bhreathnaigh Eoghan go géar ar an mbeirt acu.

'Ní haon chúis gháire í seo. Tá i bhfad níos mó ná spraoi i gceist.'

'Tá an ceart ag Eoghan,' arsa Lúc. 'Tá níos mó ná spraoi i gceist. Céard faoi na líreacáin a bheidh ag Bean Uí Dhálaigh dúinn ag an deireadh?'

'Huiré,' arsa Colm. 'Bród, onóir, spraoi agus líreacáin!'

'Líreacáin abú!' arsa Callum.

'Líreacáin abú,' arsa na buachaillí go léir. 'Líreacáin abú!'

'Seo libh,' arsa an Máistir Ó Ceallaigh agus é ag gáire. 'Tá sé in am dúinn dul amach ar an bpáirc. Fágaigí seo anois agus bainigí go léir sult as an gcluiche.'

VII

Eileanóir a bhí i gcoinne Eoghain i lár na páirce. A luaithe agus a chaith Bean Uí Dhálaigh an liathróid isteach, thug Eoghan sonc gualainne d'Eileanóir a d'fhág sínte ar fhleasc a droma í.

Shéid Bean Uí Dhálaigh an fheadóg láithreach. Sméid sí anall ar Eoghan.

'Céard a rinne mé?' arsa Eoghan. 'Ní dhearna mé feall uirthi. Tá cead agat do ghualainn a úsáid.'

'Tá, cinnte,' arsa Bean Uí Dhálaigh,

'ach ní gá a bheith chomh garbh sin. Táimse chun an liathróid a chaitheamh san aer eadraibh beirt.'

Bhain Eoghan searradh as a ghuaillí. 'Níl sé seo féaráilte!'

'Leag as agus dún do chlab!' arsa Eileanóir.

'Leag as tú féin!' arsa Eoghan.

'Go réidh anois,' arsa Bean Uí Dhálaigh. 'Tá dhá chárta anseo i mo phóca agam. Munar féidir libh beirt a bheith béasach liomsa agus lena chéile ní bheidh aon leisce orm iad a úsáid.'

Chaith sí an liathróid san aer. D'éirigh le hEoghan breith uirthi agus thosaigh sé ag rith.

'Chugamsa,' arsa Lúc.

'Chugamsa! Anseo!' arsa Mícheál.

Níor thug Eoghan aon aird orthu. Lean sé air ag rith.

Léim Máire Cáit amach chun é a stopadh. 'Ó! A thiarcais!' ar sise go tobann. 'Tá sé chun rith tríom.' Rinne sí iarracht léim as an mbealach ach bhí sí ró-dhéanach. D'fhág Eoghan sínte ar an talamh í. Greim aici ar a rúitín.

Bhreathnaigh Eoghan thar a ghualainn. Mórchara leis ab ea Máire Cáit. Bhí fonn air stopadh agus cuidiú léi. Bhí fonn air leithscéal a ghabháil. Amhail is dá

mbeadh a dhá chos imithe ó smacht,
áfach, ní raibh sé in ann stopadh. Ar
aghaidh leis, an liathróid á preabadh is á
ciceáil aige.

Gráinne a bhí mar chúl báire ag na

cailíní. Léim sí, ach bhí Eoghan ró-thapa is ró-láidir di.

'Huiré!' arsa Eoghan. 'Cúl! Fuair mise an chéad chúl. An bhfaca sibh é?'

Bhí gach duine, idir bhuachaillí agus chailíní, ag stánadh air.

'An bhfaca sibh mo chúl?'

'Chonaic,' arsa Mícheál go dímheasúil. 'Chonaiceamar ar fad é! Ach an bhfaca tusa Máire Cáit?'

Bhí Lúc, Naoise agus Bean Uí Dhálaigh ag breathnú ar rúitín Mháire Cáit.

'Ní dóigh liom go bhfuil sé leonta,' arsa Bean Uí Dhálaigh. 'Ach ní bheidh tú in ann imirt. An bhfuil ionadaí agaibh?'

'Tá Siobhán againn.'

Bhreathnaigh Máire Cáit ar Eoghan. 'Beimid ceart go leor a fhad is nach ngortaíonn an pleota sin aon duine eile.'

VIII

Thug Gráinne cic mór fada don liathróid.
Suas chomh fada le Tara. Chuir sise
chuig Aoibheann í. Trasna chuig Rút. Siar
chuig Laoise. Tadhg a bhí á marcáil siúd.
Bhí Laoise ró-thapa dó. Pas láimhe chuig
Eimear. Pas eile chuig Caoilfhionn. Léim
Callum chun í a bhac ach bhí sé fánach
aige. Chuir Caoilfhionn an liathróid
uaithi go tapa. Rug Eimear air agus chuir
i dtreo an chúil í. Cic íseal i dtreo an
chúinne.

Bhí Cathal réidh, áfach. An liathróid á leanúint aige lena dhá shúil. Léim sé ar chlé. Bhuail sé an liathróid lena chos chlé. Rug Rút uirthi. Dónal á marcáil siúd ach sula raibh deis aige aon iarracht a dhéanamh ar í a bhac bhí Rút sínte ar an talamh agus an liathróid á preabadh suas an pháirc ag Eoghan.

'Pleota!' arsa Rút.

Bhreathnaigh Dónal thart. 'Ní dhearna mise tada.'

'Ní tusa ach an pleota sin Eoghan. Bhain sé tuisle asam.'

Bhí Eoghan cheana féin thuas ag barr na páirce. Nóra agus Siobhán ag rith ina threo. Sháraigh sé an bheirt acu gan stró.

Cic mór ard. Thar an trasnán.

Bhí gach duine ag breathnú air. Céard a tharla dó i rith na hoíche? Ní raibh aithne ag duine ar bith ar an Eoghan nua seo.

Faoin am seo bhí Eoghan ag léim suas síos agus é ag béicíl. 'An bhfaca sibh é sin? Cúilín. Cúl agus cúilín againn. Táimid go maith chun tosaigh anois.'

IX

Faoin am ar shéid Bean Uí Dhálaigh an fheadóg chun leath ama a fhógairt bhí dhá chúilín eile faighte ag Eoghan.

'Tá ag éirí go hiontach linn, nach bhfuil?' ar seisean agus na buachaillí ag siúl i dtreo an tseomra ghléasta. 'Cúl agus trí chúilín againne. Agus gan tada ag na cailíní.'

'Tá tusa ag déanamh go hiontach,' arsa Ben go searbhasach. 'Níl an chuid eile againn ag imirt in aon chor. Bheadh sé chomh maith againn fanacht sa seomra gléasta. Nó sa seomra ranga fiú!'

'Ach tá an bua againn.'

'Tá,' arsa Cathal, 'ach b'fhearr le cuid againn an liathróid a bheith againn!'

'Céard atá ort inniu?' arsa Conall. 'Imreoir foirne den scoth thú de ghnáth. Ach inniu tá tú …. tá tú … '

'Tá mé céard?'

'Tada!' arsa Conall agus é ag imeacht leis isteach doras an tseomra ghléasta. Ben agus Cathal ina theannta.

Stop Eoghan ag an doras. Céard a bhí orthu? Bhí siad cúl agus trí chúilín chun tosaigh. Nár scóráil seisean iad ar fad? Cá mbeidís gan é?

Bhí Róisín agus Caoimhe ag dul thairis agus iad ag déanamh ar sheomra gléasta na gcailíní. Stop siad beirt.

'Níl a fhios agam céard atá cearr leatsa inniu,' arsa Caoimhe, 'ach ba cheart go mbeadh náire ort. Shílfeadh duine ar bith nach raibh ar an bpáirc ach tú féin.'

'Sea,' arsa Róisín. 'Tá tú gránna. Tá tú drochbhéasach. Tá tú santach agus tá tú garbh. Is fuath liom thú.'

'Is fuath liomsa thú freisin,' arsa Caoimhe. 'Agus déarfainn gur fuath le gach duine sa rang thú! Breathnaigh ar Mháire Cáit. Í bacach anois. Agus tusa a rinne. Breathnaigh ar Rút. Ise gortaithe freisin. Agus tusa chomh sásta sin leat féin. Má leanann tusa ar aghaidh mar seo ní bheidh cara ar bith fágtha agat.'

Bhí béal Eoghain ar leathadh. Cailíní uaisle béasacha ab ea Róisín agus Caoimhe. Níor chuala sé ceachtar acu ag tabhairt íde béil mar sin do dhuine ar bith riamh. Bhí a fhios aige go raibh an ceart acu.

Bhreathnaigh sé thart. Bhí a chairde ar fad imithe uaidh. Cúpla duine de na buachaillí ina seasamh díreach taobh istigh den doras agus iad ag breathnú air. Ach ní le meas ná le bród. Bhí fearg agus fuath le feiceáil sna haghaidheanna. Céard a bhí déanta aige?

X

Isteach leis sa seomra gléasta. Níor labhair duine ar bith leis. Rug sé ar a mhála. Isteach leis sa leithreas. Bhí sé in ann na buachaillí eile a chloisteáil taobh amuigh.

'Beidh orainn cinneadh a dhéanamh. Beidh orainn é a bhaint den pháirc.'

'B'fhéidir go bhféadfaimis labhairt leis. Agus seans eile a thabhairt dó.'

'Ní fiú labhairt leis. Nár labhair Bean Uí Dhálaigh leis cheana féin? Agus labhair cúpla duine againn féin leis freisin. Níl sé ag éisteacht.'

Bhí náire an domhain ar Eoghan agus é ag éisteacht lena chairde ag caitheamh anuas air. Bhí a fhios aige go raibh an ceart acu. Chaithfeadh sé iarracht éigin a dhéanamh an scéal a chur ina cheart.

D'oscail sé an mála peile agus tharraing sé chuige an crúiscín. Chuimil sé é. Bhí Abdúl os a chomhair amach láithreach. A dhá lámh fillte trasna a chéile aige agus é ina shuí ar scamall aeir. Bhreathnaigh sé ar Eoghan agus chroith sé a chloigeann go hamhrasach.

'Bhuel?' ar seisean. 'Sásta anois?'

'Ssss! Bí ciúin.'

'Ní chloisfidh ná ní fheicfidh duine ar bith mé. Ní féidir le duine ar bith mé a fheiceáil seachas mo mháistir féin. Ach níor fhreagair tú mo cheist. An bhfuil tú sásta anois?'

Chlaon Eoghan a cheann. 'Níl,' ar seisean. 'Tá a fhios agat an ghuí sin. Táim ag iarraidh í a tharraingt siar.'

'Í a tharraingt siar? Ach sin guí eile! Sin an tríú guí! Mhínigh mé na rialacha duit cheana féin.'

'Is cuma. Bíodh do shaoirse agat. Níl mé ag iarraidh a bheith i mo mháistir ort. Tabhair an ghuí seo dom agus déan do

rogha rud ansin. Níl ginid uaim.'

Bhreathnaigh Abdúl go géar air.

'Tá tú chun mo shaoirse a bhronnadh orm! Beidh mé saor! Ní bheidh orm a bheith i mo sclábhaí a thuilleadh?'

'Bíodh do shaoirse agat,' arsa Eoghan, 'agus bain sult as an saoirse chéanna. Níl mise ag iarraidh a bheith i mo mháistir ortsa ná ar aon duine.'

Bhí Abdúl ar bís. Saoirse! Tar éis dó na céadta bliain a chaitheamh mar sclábhaí d'fhéadfadh sé imeacht leis anois agus a rogha rud a dhéanamh. Gan a bheith ag umhlú do dhuine ar bith. 'An bhfuil tú cinnte?'

'Táim cinnte. Cinnte dearfa. Ach an ghuí seo ar dtús.'

'Maith go leor,' arsa Abdúl. 'Bímis soiléir faoi seo anois. Bhí tú ag iarraidh go mbeifeása ar an imreoir ba láidre, go bhfaighfeása gach scór agus go mbeadh gach duine ag breathnú ort ó thús go deireadh an chluiche. Teastaíonn uait anois go gcuirfidh mé an ghuí sin ar fad ar ceal.'

'Fan,' arsa Eoghan. 'Níl ansin ach cuid de.'

'Cuid de? Ná habair go bhfuil liosta agat arís. Cé mhéad guí ar fad atá uait an uair seo?'

'Guí amháin ach guí sách casta. Táim ag iarraidh na botúin go léir a rinne mé a chur ina gceart.'

Leath meangadh gáire ar aghaidh Abdúil. 'Tá tuairim agam go bhfuil ciall cheannaithe agat, a bhuachaill. Ceart go leor.' Bhreathnaigh an ghinid ar Eoghan.

'B'fhéidir go raibh dul amú orm,' ar seis-
ean. 'Tá an chuma ar an scéal gur féidir
le daoine áirithe ciall a fháil roimh aois!'

Chliceáil sé ordóg agus méar fhada na
láimhe deise le chéile. 'Bíodh do ghuí
curtha i bhfeidhm, a bhuachaill!'

XI

'Déan deifir! Cad atá ar siúl agat istigh ansin? Brostaigh ort.'

D'oscail Eoghan an doras. Bhí na buachaillí go léir réidh le dul amach arís.

'Táimid ag iarraidh labhairt leat,' arsa Lúc. 'Tá–'

'Fanaigí. Táimse ag iarraidh labhairt libhse ar dtús.'

Bhreathnaigh na buachaillí go léir ar a chéile. Ansin ar Eoghan. 'Abair leat.'

'Tá brón orm. Bhí mé santach agus

51

gránna amuigh ar an bpáirc. Tá brón orm. Bainigí den pháirc mé don dara leath. Beidh mé i m'ionadaí.'

Bhí an Máistir Ó Ceallaigh agus Bean Uí Dhálaigh ina seasamh ag an doras. Iad réidh leis an dá fhoireann a thabhairt amach ar an bpáirc arís.

'Tá áthas orm go bhfuil an fíor-Eoghan ar ais againn,' arsa Bean Uí Dhálaigh. 'Ní gá duit a bheith ar an taobhlíne. Níl le déanamh ach a bheith ciallmhar agus béasach sa dara leath.'

'Agus céard faoi Mháire Cáit?

'Táimse díreach tagtha ó sheomra na gcailíní,' arsa Bean Uí Dhálaigh. 'Níl a

fhios agam cén chaoi ar tharla sé ach tá sí
ar ais ar a seanléim arís.'

Bhreathnaigh Eoghan i dtreo dhoras
an leithris. Bhí Abdúl crochta san aer, a
dhá lámh fillte ar a chéile aige agus é ina
shuí ar a shuíochán scamallach. Chaoch
sé súil ar Eoghan. Chliceáil sé a mhéar
fhada agus a ordóg … *Fúúisss!* Imithe.

Bhreathnaigh Eoghan thart. An ag brionglóidigh a bhí sé? Ginid? An raibh a leithéid de rud ann?

Bhí an crúiscín fós ina lámh aige, áfach. Crúiscín Mhamó. Rinne sé é a chuimilt. Tada! Rinne sé é a shleamhnú isteach sa mhála peile.

'Amach linn anois,' arsa an Máistir Ó Ceallaigh. 'Tá cluiche le himirt againn.' Bhreathnaigh sé idir an dá shúil ar Eoghan. 'Agus bainigí sult as!'

'Bainfidh,' arsa Eoghan.

Chaith sé an mála isteach sa chúinne agus amach an doras leis i ndiaidh na mbuachaillí eile. Chonaic sé Máire Cáit agus Eileanóir ag siúl roimhe. Rith sé ina ndiaidh.

'A Mháire Cáit! A Mháire Cáit!'

Bhreathnaigh sise thar a gualainn. Nuair a chonaic sí Eoghan chas sí arís agus lean uirthi ag siúl.

'A Mháire Cáit! Fan! Tá rud le rá agam leat.'

Chas sí arís. 'Níl tada le rá agamsa leatsa.'

'Éist. Tá brón orm. Táim ag iarraidh leithscéal a ghabháil. Tá brón orm gur leag mé tú. An-bhrón.'

Bhí roinnt cailíní eile bailithe thart timpeall orthu faoin am seo. Bhí aghaidh

Eoghain ar lasadh le náire.

Bhreathnaigh sé ar Eileanóir. Ansin ar Rút. 'Tá brón orm gur leag mé sibhse freisin. Go raibh mé garbh agus santach. Chaill mé an cloigeann sa chéad leath.'

Bhí na cailíní ciúin. Shiúil cuid acu i dtreo a n-ionad sa pháirc. Thosaigh Eoghan ag siúl i dtreo lár na páirce.

'Fan liomsa,' arsa Máire Cáit. 'Tá a fhios agam cé chomh deacair is a bhíonn sé leithscéal a ghabháil. Tá mé go breá arís. Déanaimis dearmad air. Ceart go leor?'

Leath meangadh gáire mór ar aghaidh Eoghain. 'Thar cionn. Go raibh maith agat.'

XII

Stop Eoghan i lár na páirce. Sheas sé
ansin ar feadh cúpla soicind. Ansin ar
aghaidh leis i dtreo an chúil.

'Seo leat,' ar seisean le Cathal.
'Rachaidh mise sa chúl tamall. Téigh tusa
amach i lár na páirce.'

Ní raibh an fheadóg ach díreach séidte
nuair a rinne Daire feall ar Aoibheann.
Thug Bean Uí Dhálaigh cic saor do na
cailíní. Cic ard, díreach. Bhí a gcéad
chúilín ag na cailíní.

Dhá nóiméad ina dhiaidh sin d'éirigh le hEimear cúilín eile a fháil. Cúilín eile fós ó Nóra. D'fhreagair na buachaillí iad le cúilín dá gcuid féin. Lúc a rinne an ceann seo a scóráil tar éis dó pas láimhe iontach a fháil ó Chonall. Bhí cúl agus cúilín eatarthu.

Thug Gráinne cic iontach fada don liathróid ansin. Bhí Eileanóir ag fanacht uirthi. Thosaigh sise ag rith. Cathal go fíochmhar sa tóir uirthi. Chas sí ar chlé agus d'éalaigh uaidh. Thart timpeall ar Sheosamh. Léim Ben. Bhí Eoghan réidh le léim freisin ach le cic beag cliste chuir Eileanóir an liathróid idir a dhá chos. Cúl. Ní raibh eatarthu anois ach an t-aon chúilín amháin.

Bhí an slua ar mire. Na cailíní ó gach rang sa scoil ag iarraidh foireann na gcailíní a ghríosú is a spreagadh.

Cluiche iontach a bhí ann. An liathróid á preabadh is á ciceáil ó cheann ceann na páirce. Ní raibh ach cúpla soicind fágtha.

Bhí Máire Cáit ag rith leis an liathróid. Tadhg agus Dónal sa tóir uirthi. Rug Dónal ar a geansaí. Thit Máire Cáit.

Shéid Bean Uí Dhálaigh an fheadóg.

'Feall,' ar sise. 'Cic saor do Mháire Cáit. An cic deireanach.'

Réitigh Máire Cáit an liathróid ar an talamh. Réitigh sí í féin chun í a chiceáil. Bhreathnaigh sí ar an trasnán. Siar léi trí choiscéim. Bheadh sé éasca go leor cúilín a fháil. D'fhágfadh sé sin ar comhscór iad. B'fhéidir go mba leor sin. Bhreathnaigh sí ar Eoghan. Chaoch seisean súil uirthi.

Rinne Máire Cáit meangadh gáire. Bhreathnaigh sí ar an trasnán arís agus tharraing cic ar an liathróid.

Lean súil Eoghain an liathróid. Léim sé san aer. Shín amach a dhá lámh. Ansin thit sé. Shleamhnaigh an liathróid isteach faoin trasnán. Isteach sa líon.

Bhí na cailíní ar mire. D'ardaigh siad Máire Cáit ar a nguaillí.

Tháinig Eoghan suas chucu. Shín sé a lámh amach. 'Comhghairdeachas,' ar seisean. 'An-chúl go deo.'

Bhreathnaigh Maire Cáit air. 'Ar lig tusa–?'

Níor lig Eoghan di an abairt a chríochnú. 'An-chúl,' ar seisean arís. 'Agus an-chluiche. Comhghairdeachas.'

Tháinig Conall suas chuig Eoghan. É ag gáire. 'An-chluiche,' ar seisean. Bhreathnaigh sé idir an dá shúil ar

Eoghan. 'Mór an trua faoi gcúl sin!'

'Cén dochar?' arsa Eoghan. 'Ní raibh ann ach cluiche!'

Leabhair eile le hÁine Ní Ghlinn

Sa tsraith SCÉAL EILE

Sa tsraith SOS